好习惯研究所
预防游戏成瘾

아홉살
게임왕

逃离
游戏王国

【韩】徐志源 / 著
【韩】沈允静 / 绘
孙文婕 / 译

晨光出版社

序 言

我的人生我做主！

上次过节的时候，我们一家人聚在了一起。大家都有说有笑地聊着天，只有我那上小学二年级的侄子齐贤一个人窝在角落里忘我地玩游戏。看到他那样子，我心里很不是滋味，这也成了我写这本书的契机。

大家可能没注意过，游戏成瘾的孩子，他们的眼神有时会变得很可怕。有人做过一个实验，结果发现游戏开始后不过五分钟，人的脑电波就已发生剧烈的起伏，大脑的颜色也会由原先的绿色变为红色。这意味着代表压力的脑电波足足提高了百分之八十，而这种情况一般只会在一个人极其不安、恐惧和紧张的时候才会出现。

当一个人反复表现出这种状态时，大脑将无法正常运作，智商和学习能力都会下降，导致无法正常学习。所以医生才会警告我们，一定要玩游戏的话，也要控制在每天不超过三十分钟，这样才不危险。

沉迷游戏让我们失去的不只是大脑的健康，还有更重要的事情，那就是对一个人来说最宝贵的、散尽千金也买不来的东西——时间。没有人能长生不老，光阴一去就不再回来。

有些人不懂得时间的珍贵，常常肆意浪费时间，仿佛自己的时间是无穷无尽的。要是一个人把时间都花在游戏上，那他的人生该有多么空虚无聊啊！

人的命运可以在瞬息间改变，成败也将扭转，而个人也要承担起相应的责任。

把时间花在比游戏更有意义的地方，那我们的命运也将发生改变。我的人生我做主，让我们一起找回人生里那些宝贵的时间吧！

大家的好朋友　徐志源

出场人物

吴小东

上小学二年级的男孩子，平时调皮捣蛋，倔起来像头牛。没什么特长。

在只看好第一名的世界里备受打击，直到陷入"铁板魔王"的奸计，从此沉迷游戏。

鲸鱼王面具叔叔

总是突然现身劝导小东，但从来不露出真面容。

每当小东不守约定沉迷游戏时，鲸鱼王面具叔叔都会变得焦急不安，身体也变得越来越虚弱。

铁板魔王

某一天突然出现在小东面前，用各种甜蜜的诱惑引诱小东，让他沉迷游戏。

铁板魔王隐瞒的真实意图到底是什么呢？

爸爸和妈妈

小东的爸爸和妈妈都是忙碌的上班族。他们都很爱小东，但碍于工作忙碌，很少有机会表达自己的心意。

在小东中了铁板魔王的计谋后，爸爸和妈妈也陷入了危机。

目录

我什么都做不好！ ·1

与铁板魔王的相遇 ·13

用梦想换游戏 ·31

戴鲸鱼王面具的叔叔 ·47

目录 2

爸爸妈妈消失的梦想 ·61

浪费生命之罪 ·79

鲸鱼王叔叔的真实身份 ·91

鲸鱼王叔叔大战铁板魔王 ·105

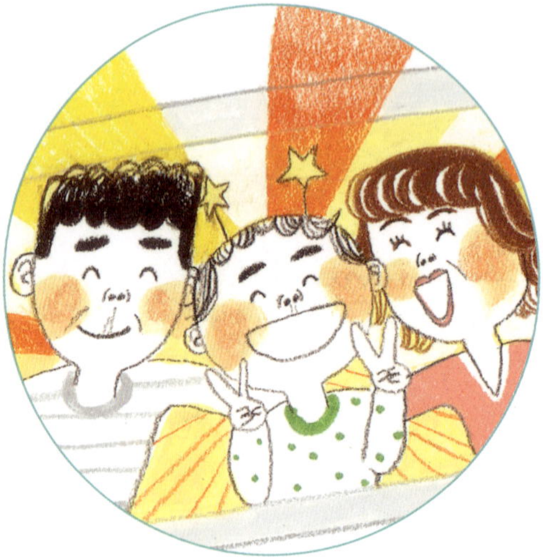

我什么都做不好！

以前的小东并没有沉迷游戏，虽说他学习不是特别好，但也从来没有出现忘记做作业和拖延写日记的情况。那时的小东写起作业来像只小蜗牛，却也坚持靠自己的努力完成。

　　小东有一个烦恼——爸爸妈妈太忙了。一天中能和爸爸妈妈说上话的时间只有早晨，可早晨的时间就像六月的闪电——眨眼不见，只能说上几句积攒了很

久的话。

今天早晨，爸爸妈妈像往常一样把饭泡在汤里，稀里呼噜地边喝边说：

"小东，最近有没有好好学习？你长大后一定要当医生。"

"老公，小东更适合当老师。教师工作又稳定又舒服，多好啊！"

爸爸妈妈忙着给小东决定未来的职业，把宝贵的早晨时间都用完了。小东觉得长大后做什么工作应该由自己决定，他不喜欢爸爸妈妈擅自替他做决定。

好习惯研究所
HAO XIGUAN YANJIUSUO

"小东,你只要专心学习就行了。"

"这话不对。把每件事做好,成为拔尖儿的人,自然就会得到社会的认可。爸爸希望小东长大后不论从事哪个行业,都要成为拔尖儿的那一个。"

爸爸妈妈各自亲了亲小东的脸颊,然后如旋风般消失不见了。他们都忙着上班去了。

小东背起书包,出发去学校。到学校一看,同学们正热火朝天地讨论着什么。

"听说了吗?今天数学课有随堂考!"

"啊!"

"听说是从昨天学过的内容里出题。"

"我都没听懂,这次肯定要考砸了。"

小东的肩膀不由得蜷缩了起来。小东的数学并不好,到现在他都还有点儿分不

明天早上接着吃吧

清加法和减法呢。

"得满分的同学请举手。"

随堂考试结束后,老师让得满分的同学把手举起来。小东也想举手,可他只考了30分。

"民民这次又得了满分呢。这说明你很会学习,真棒!"

老师夸奖了得满分的民民。

民民成绩好、发言积极、跑步快,老师喜欢他,同学们也都想和他做朋友。小东常常想,自己要是民民该多好。因为小东似乎没什么特长。

啊,要说起来还真有一个,那就是跳高,小东跳得比朋友们都要高。不过,跳得高算不了什么,既不能得到老师的表扬,也不能在朋友面前炫耀。

"爸爸妈妈、老师和同学们都只喜欢优秀的孩子。我要是赢了民民,大家会喜欢我吗?可我没有一样能比得过民民……"小东心想。

好习惯研究所
HAO XIGUAN YANJIUSUO

下课后,民民邀请朋友们一起去吃炒年糕。

上次数学随堂考,民民考了满分,民民的爸爸妈妈奖励了他很多零花钱,当时他拿这事儿炫耀了无数回,口水都要讲干了。这回他又考了满分,看样子又有不少零花钱等着他呢。

小东也想加入朋友们,可他感觉自尊心受伤了。他看不惯民民走路时那趾高气扬的样子。

"这回爷爷给我零花钱的话,我要拿来充游戏币,然后买魔法之剑。"

"魔法之剑?"

小东竖起了耳朵。小东也在玩民民说的那个游戏,而且他目前的游戏等级比民民的高。仔细想想,虽说学习、发言、跑

步这些都比不过民民，可玩起游戏来，小东确实更胜一筹。

小东决心要用游戏压一压民民的气焰。

"我要是当上了了不起的游戏大王，朋友们肯定都会喜欢上我吧？"小东心想。

他的脑海里浮现出朋友们蜂拥上来问他游戏攻略的场景，美得他咧开嘴笑了。

小东一回到家就打开电脑，开始玩游戏。电脑桌上贴着小东和妈妈一起制订的生活计划表，上面规定了一周只能玩三次游戏，可小东却丝毫不理会。

"哎呀！"

小东正玩在兴头上，这时爸爸妈妈下班回到家，两个人你看看我，我看看你，然后一齐朝小东喊道：

"小东，怎么连灯都不开？"

"作业做完了吗？"

"练习册呢？"

"小东，你在哪儿？"

小东没有回答，而是集中精神玩游戏。他马上就能获得魔法之剑了。小东奋力地点击鼠标，就在这时，房门被爸爸妈妈打开了。

"吴小东！你玩了多久了？"

"作业做完了吗？"

"练习册写了吗？"

爸爸妈妈以迅雷不及掩耳之势，一句接一句地唠叨起来，接着又敦促小东许下

一周内只玩三次游戏的诺言。

小东的脾气瞬间上来了，他讨厌只会敦促他做这做那的爸爸妈妈，可他一句话也没说出来。强迫小东拉钩许诺、盖好章后，爸爸妈妈就又像一阵旋风似的离开了房间。妈妈去厨房把堆积的碗碟洗干净，爸爸则去书房继续处理还没完成的工作。

"爸爸不是也玩电脑游戏吗？妈妈也玩手机游戏啊，可为什么偏偏不让我玩呢？"

小东越想越生气。

"那我怎么赢得了民民，人家还充钱买装备呢！"

小东脑海里的想法变得复杂起来。

我想知道！游戏成瘾①

我有没有游戏成瘾呢？

下列情形有没有在你身上出现？请在方框内填写"是"或"否"，"是"的次数超过四次即为危险状态，超过五次即为有成瘾可能，六次以上即为已经成瘾。

快来测试一下，看看自己属于哪一阶段吧。

☐ 游戏越玩越想玩，而且玩得更频繁、更久。

☐ 不玩游戏就会感到焦躁不安，脑海里时常浮现出游戏场景。

☐ 玩游戏的时间经常超出计划的时间。

☐ 每天都下决心要少玩游戏，但每次都失败。

☐ 为了玩游戏过度花费时间和精力。比如，等父母睡着后偷偷玩游戏，或者为了去网吧而偷钱、撒谎。

☐ 不睡觉熬夜玩游戏。

☐ 玩游戏导致成绩下滑。

☐ 过度游戏导致身体不舒服，却仍忍不住要玩。

与铁板魔王的
相遇

好习惯研究所
HAO XIGUAN YANJIUSUO

这天，小东和往常一样，放学回来后独自看了会儿书，又看了会儿电视，然后就朝着电脑房走去。他按下把手，可房门只是"咔嗒"响了一声，并没有打开。看来妈妈上班前把门给锁上了。

"真讨厌！"

小东心里烦闷起来，他忍无可忍，再也坐不住了，最终走出家门，朝社区游乐区走去。走着走着，小东觉得好受多了。

逃离游戏王国

游乐区空无一人。小东一个人在空荡荡的游乐区晃荡着，脑海里总是浮现出游戏里的场景。荡秋千的时候，自己就好像游戏里的人物一样一飞冲天；滑滑梯的时候，就像游戏里跨越障碍物时一样刺激。

就在这时，小东看见脚下有个闪闪发光的东西。

"这是什么呀？"

小东轻轻拿起一个四四方方的东西，仔细一看，原来是台游戏机。小东朝周围看了看。还好，游乐区除了他没有别人。

小东连忙把游戏机塞进口袋，再次瞟了瞟周围，然后朝家走去。一路上他不停地回头，生怕有人跟来。

"这是什么游戏机啊？"

小东把房门反锁，按下游戏机的开

好习惯研究所
HAO XIGUAN YANJIUSUO

关，画面上出现了"大战铁板魔王"几个字，还有一个开始键。

小东毫不犹豫地按下了开始键，一个四方脸、五官棱角分明的铁板魔王形象出现在画面里。

"这是怎么玩的呀？"

小东把所有按键全按了个遍。说来也怪，游戏机突然开始往外冒烟，然后"砰"的一声，铁板魔王竟然活生生地出现在小东眼前。

小东用手揉了揉眼睛。

"我在做梦吗？"

这并不是梦。铁板魔王哈哈大笑起来，这一切都是真的。

"啊！"

小东吓了一大跳，往后跌坐下去。

哈哈哈哈哈

好习惯研究所
HAO XIGUAN YANJIUSUO

"怕什么？是你按下了按钮，我才出现在现实里的。"铁板魔王用低沉阴险的声音说道。

"哦，是像阿拉丁神灯那样吗？"小东用小得不能再小的声音问道。

铁板魔王听后点了点头。

"我是铁板魔王。一直被困在窄巴巴的游戏机里，本大王都要被憋坏了，这下终于舒服了。你帮我摆脱了游戏机，我可以帮你实现一个愿望。"

小东一时间不知该许什么愿望好。他既想让成绩变好，又想跑步变快，还想在发言时对答如流。

"为什么不说话？你没有愿望吗？"

"我在考虑许什么愿望好。"

听了小东的话，铁板魔王回答：

"让我猜猜，你想当第一名吧？"

"你怎么知道的？"

"都写在你孤独的眼神里了。一看你就是那种既没有朋友，也得不到父母关心的孩子。我说得没错吧？"

"嗯……"

小东心想：这铁板魔王说不定是个亲切善良的好人呢。因为这还是头一回有人这么理解他。小东的内心世界在铁板魔王看来，那叫一个东方天亮下大雪——明明白白啊！

"大人们肯定没少让你伤心吧。"

"没错，大人们只喜欢第一名。像我这种什么都做不好的孩子，只会被冷落。"小东气鼓鼓地说道，"大人们自己都不是第一名，凭什么要求我当第一？而

好习惯研究所
HAO XIGUAN YANJIUSUO

且第一的位置只有一个啊！"

铁板魔王在一旁随声附和，随后又小心翼翼地问：

"看你都把我带回家了，你应该挺喜欢玩游戏吧？"

"嗯。我想尽情地玩个痛快，也想变成游戏高手。比起其他的，让我最有自信的事情就是玩游戏了。"

"你以后肯定能当上游戏大王。"

"游戏大王？"

"没错，就是让别人望尘莫及的游戏里的第一名——游戏大王！"

听了铁板魔王的话，小东想象了一下自己当上游戏大王时的风光场面。让民民都羡慕不已的游戏大王！光是想想就很过瘾。

"我想当游戏大王,可妈妈不让我玩游戏,还把电脑房锁上了,也不给我钱充游戏币。"

"你以后不用担心这些了。我可以让你尽情玩游戏,你当上游戏大王只是迟早的事。"

好习惯研究所
HAO XIGUAN YANJIUSUO

　　铁板魔王答应实现小东的愿望，不过他还提了一个条件。铁板魔王告诉小东，受人恩惠就必须给人回报，并示意小东给他报酬。

　　"你可以尽情玩游戏，但你要给我一点儿东西作为报酬。"

　　"给你什么好呢？我一分钱也没有。"小东有些犹豫地说道。

　　"我不需要钱。要什么好呢……有了，把你的未来给我吧，那我就答应帮你实现愿望。"

　　"你要我的未来？"

　　"未来"就是很久以后的日子。小东觉得反正未来是以后的东西，现在也用不着，给他一点儿也没关系。

　　"给我一点儿你未来的时间，那我就

让你尽情地玩游戏，而且还是用这个最新款游戏机玩。每玩一次就要给我一个月的未来时间，怎么样？"

"好，你想要多少都行。反正未来的时间现在也用不着。"

铁板魔王阴险地笑着宣布契约缔结成功，然后打开了游戏机。画面亮起后，游戏软件开始运行。

"哇，这不是最新款的游戏吗？"

"是啊，你想玩的游戏这里面都有。"

小东觉得占了大便宜。不用付出什么，就能随心所欲地玩游戏，自己简直就是个幸运儿。

那天晚上，小东熬夜玩游戏，直到拂晓才入睡。他一直没碰电脑，所以爸爸妈妈也没发觉。

好习惯研究所

HAO XIGUAN YANJIUSUO

第二天早上,小东坐在餐桌前直打瞌睡。妈妈看到后问他:

"小东,你眼睛怎么这么红?"

"是不是哪里不舒服?脸色也有点儿苍白。"爸爸看着小东,担心地说道。

"我浑身没力气。"

小东不想去学校,他想把在学校学习的时间都用来玩游戏。

"要去看医生吗?"

"咳咳!咳咳!"

小东故意在担心不已的爸爸妈妈面前大声咳了几声,妈妈立马把体温计拿过来。

"体温正常啊……"

妈妈疑惑地歪了歪头。小东突然一把抱住了肚子。

"哎哟!"

"小东,你怎么了?"

"我肚子疼。"

"要不要去医院啊?"

一看爸爸妈妈坐立不安,小东赶忙说:

"我在家睡一觉就好了。妈妈,今天不去上学行吗?就一天。"

"在家休息就可以了吗?"

妈妈犹豫了一会儿,最后实在没办法,只得点了点头。

爸爸妈妈上班前千叮咛万嘱咐:

"要是一直不舒服就马上打电话,爸爸妈妈带你上医院。"

"不用担心。"

爸爸妈妈前脚刚出门,小东后脚就跑

进了房间,把藏在被子里的游戏机拿了出来。

那天,小东一直埋头玩游戏,以至于全身上下的肌肉都酸痛不已。

爸爸妈妈下班回来后问小东,是否感觉好些了,可他装作睡着了,不回答。等爸爸妈妈走后,他又拿起游戏机玩了起来。

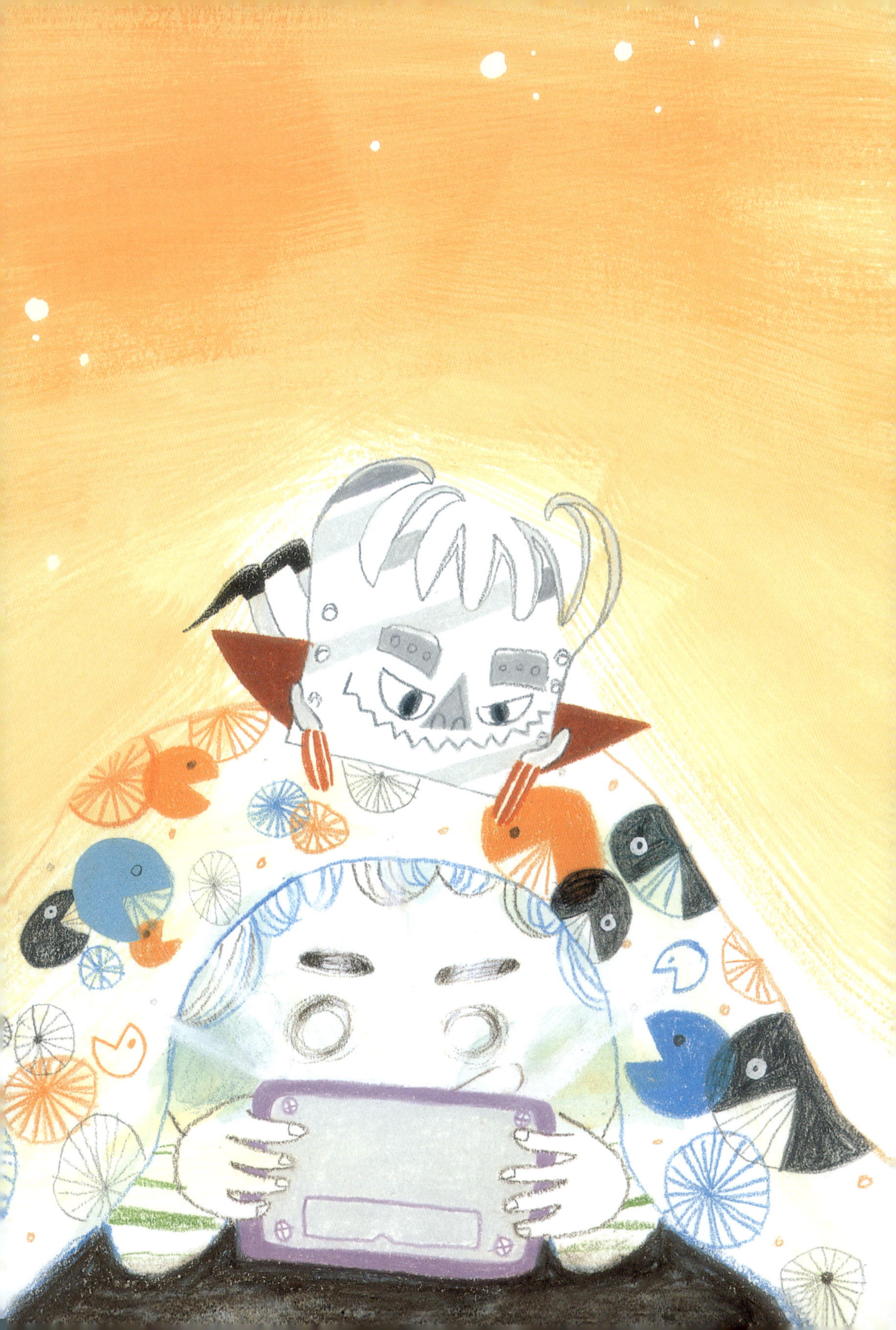

我想知道！游戏成瘾②

为什么会游戏成瘾？

随着科技的发展，不管是谁都能轻易参与游戏，而游戏成瘾的人也越来越多。游戏成瘾的原因多样且复杂，其中游戏公司的营销手段占很大一部分，但也有很多人是因为没有朋友、想逃避现实所致。

下面是几个造成游戏成瘾的原因：

▶ 通常游戏越玩到后面越难。有一关没通过时，反而会更想早日通关，就这样越玩越久。这样的设计就是为了吸引玩家不停地玩游戏。

▶ 个别游戏会唤醒人内心潜在的坏念头，特别是暴力想法。在现实生活中无法进行的暴力行为，可以通过游戏实现替代性满足，看着游戏人物慢慢变强，自己也会感觉痛快无比。这个过程反复几次后，就会让人越陷越深，难以自拔。

⬢ 游戏世界往往比现实世界更魔幻，更奇妙，也更自由自在。玩游戏时能让人暂时逃离现实的苦楚，因此会越玩越想玩。

⬢ 网络游戏不是和电脑对战，而是和其他玩家一起，所以这比单机游戏更容易让人上瘾。当游戏里的人物成了受人称赞的英雄时，玩家很容易产生错觉，觉得是自己成了英雄。

⬢ 手机游戏可以和认识的人一起玩。大家都在玩，只有自己不玩的话，不免感到被冷落，所以很自然地就会加入其中。而且游戏里还有排名，玩家为了提高名次会玩个不停。

> 我们一起看了游戏成瘾的几个原因，但由于每个人性格不同，所处环境不同，游戏成瘾的原因也各不相同。要是你觉得自己已经对游戏上瘾了，那就试着想想为什么吧。

用梦想换游戏

好习惯研究所
HAO XIGUAN YANJIUSUO

那天晚上，小东玩游戏玩到了天亮。他心里总想着"最后一盘，最后一盘了"，结果一玩就停不下来。连续两天通宵玩游戏，小东感觉眼前天旋地转，脑袋也晕乎乎的，手上根本使不上劲儿。

就在那时，铁板魔王突然出现了。他催促小东说："你这是干什么，还不快接着玩游戏。"

"玩不下去了。我头疼得厉害，身体

也不舒服。"

"你可是要成为游戏大王的人呀！等你当了游戏大王，朋友们都会来和你玩，大人们也会喜欢你的。"

"可我的游戏人物太弱了，动不动就输，最后一盘老是过不了关。"

"是吗？那我送你个装备，这样你就可以升级了！但作为代价，你要给我你的未来。这回呢，每玩一盘你就要给我两个月的时间，怎么样？"

铁板魔王装作安慰小东的样子，诱惑他。

"这点时间当然可以了。"

"好，这么想就对了。只要给我你的未来，你就可以买一个想要的装备去升级了。"

小东又把未来的时间给了铁板魔王，然后买了让人物变强的装备。不知是不是新装备的原因，游戏确实比之前容易多了。小东的人物变得强大无比，让其他玩家不敢妄自攻击。

小东仿佛成了游戏人物一般，感到既开心又充实。那天晚上，小东依旧玩到拂晓时分才昏睡过去。

第二天一早，小东睡了懒觉。妈妈见状，又开始唠叨起来。小东一听到妈妈的唠叨，感觉脑袋都要炸开了。他捂住耳朵发出了一声尖叫，妈妈被吓了一跳，眼睛瞪得像只受惊的小兔子。

"小东！"

"妈妈以前不是也因为睡懒觉迟到过吗？为什么老是拿我说事呢？"

小东把惊呆了的妈妈甩在身后，气呼呼地上学去了。可上课时间太难熬了，小东困得不行，一点儿精神也没有。

"集中精神!"

在小东眼里,挥动着教鞭的老师像极了挥舞着魔法之剑的游戏人物。同学们则变成了游戏里的其他人物,特别是嘚瑟大王民民,简直和总是妨碍小东的反

1 人物形象和行为解读

读读看

橡皮擦 小东

银斧头

试试看

很久很久以前,有一个善良的在村子里。他是一名樵夫。

派人物一模一样。小东正在想象的世界里遨游，这时，老师朝他大喊了一声："小东？吴小东？不看书发什么呆呢？"

老师说着狠狠地瞪了他一眼，那眼神尖利得像把斧头。

小东不情愿地埋下头看书。可不知怎么了，书本突然变成了游戏机屏幕，书里的字竟然互相开始玩游戏。

"这是战斗机游戏！"小东心想。

他把一块橡皮擦放在书上，橡皮擦立刻开始三段式变形，变成了一架帅气的战斗机。那架战斗机开始攻击书上的词语，咻咻——战斗机不停地发射出激光。小东兴奋地不停按着书桌，好像那是游戏机上的按键似的。

"吴小东！"老师忍无可忍地瞪着小

好习惯研究所
HAO XIGUAN YANJIUSUO

东。小东最后被叫去走廊罚站了。

那天下午一放学,小东就像火烧屁股似的急急忙忙赶回了家。到家后,他把藏起来的游戏机翻出来,并召唤了铁板魔王。

"这回你想要什么?"

"我想多创建几个人物。"

"真的吗?"

"嗯,快帮帮我吧。"

"那这次你能给我什么?"

"你想要什么?"小东反问道。

"好,那就梦想吧。今天我要你的梦想。你都有什么梦想?"

"我想当探险家,也想当宇宙航天研究员,还想制造机器人。"

"这么多优秀的梦想,给我一个好不好?我答应给你一个很强的人物。一个梦

想换一个超强游戏人物，怎么样？"

"好呀，想拿几个都行。反正没有梦想又不会怎么样。"

小东把梦想给了铁板魔王，然后尽情地玩了很久的游戏。

第二天，妈妈喊了小东好几次才把他从床上叫起来。他昨天晚上又熬到凌晨才睡，早上当然起不来了。小东坐在餐桌前直打瞌睡，妈妈在他背上狠狠拍了一下。

"你这几天晚上不睡觉，在干什么呢？"

"没什么。"

"真的吗？"

"当、当然了。"

小东开始胡说八道。

突然，小东眼前发生了惊人的一幕——妈妈变成了游戏里的反派，小东条

好习惯研究所
HAO XIGUAN YANJIUSUO

件反射地朝妈妈发射激光,妈妈痛得"哎哟"叫了一声。

"小东,你干什么呀?"

听到妈妈的喊叫声,小东瞬间清醒过来,他意识到自己推了妈妈。小东慌了,没有向妈妈道歉就跑出了家门。妈妈在后面喊了小东好几次,可他仍然头也不回地跑开了。

那天上课时,小东强睁着充血的眼睛,不停地打瞌睡。老师让大家交作业,可小东根本不记得老师布置了什么作业,一个字也没写。小东把头低下去,愣愣地看着一片空白的本子。

"你没写作业?"

"嗯。"

但小东丝毫不觉得自己错了。他只盼着赶快放学、赶快回家,这样才能玩游戏,才能升级,以后才能当游戏大王。此刻在小东眼里,不论是老师还是同学,统统都变成了游戏里的人物。

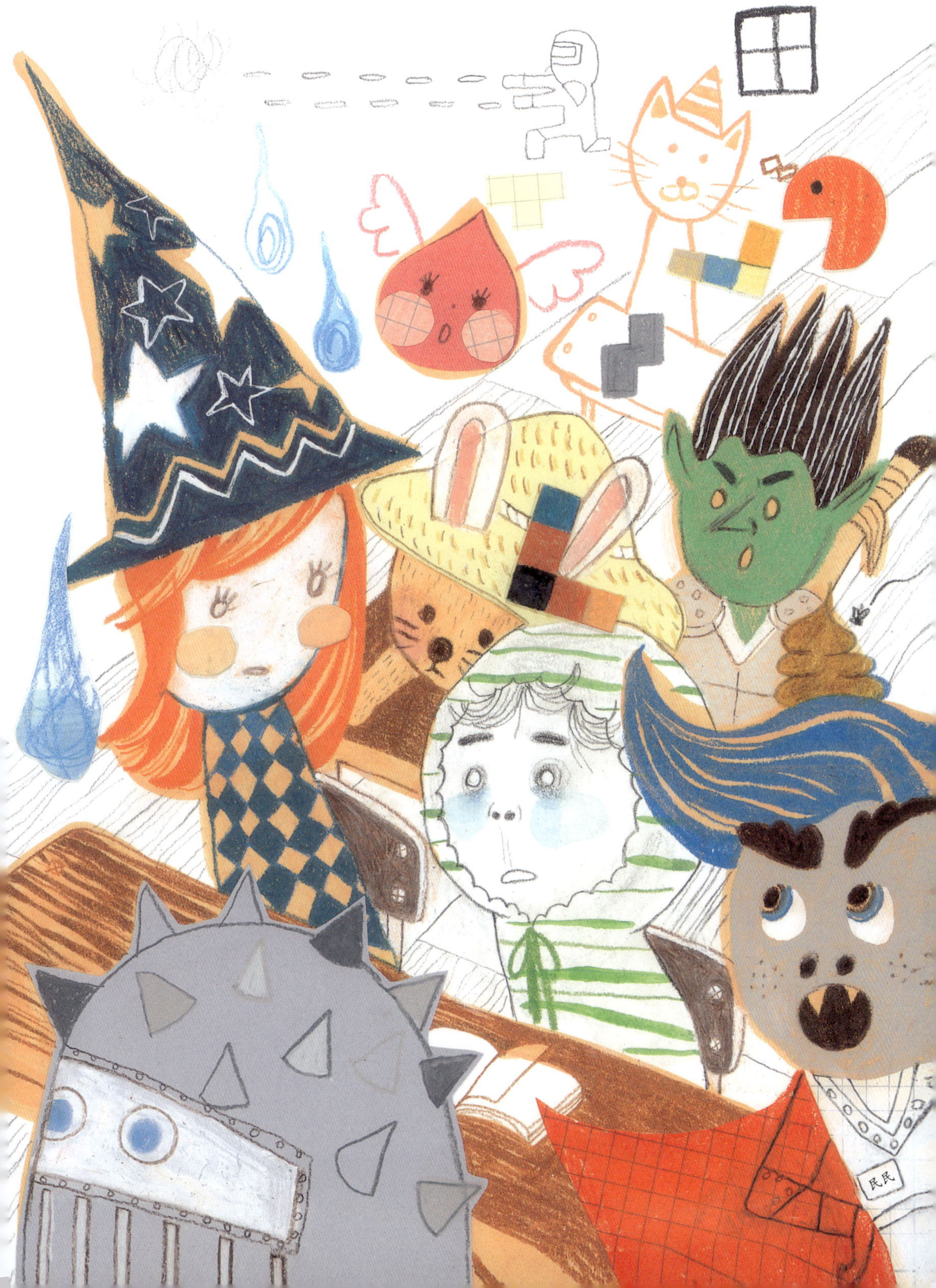
民民

我想知道！游戏成瘾③

游戏成瘾一般有什么症状呢？

下列情形有没有在你身上出现？请在方框内填写"是"或"否"，出现"是"的次数超过四次就有可能已经对游戏成瘾，需要及时向爸爸妈妈求助。

☐ 失去时间观念。无法区分白天和黑夜，不知道现在是该上学的时间还是该回家的时间。
☐ 难以入睡。
☐ 头疼，消化不良。
☐ 不能玩游戏时感到焦虑。
☐ 除了玩游戏外，什么也不想做。
☐ 无法和朋友们友好相处。
☐ 变得不能控制脾气且有暴力倾向。
☐ 觉得除了游戏外，其他事情都做不了。
☐ 常把游戏世界和现实世界混淆。
☐ 感觉脖子酸，眼睛痛，胸口发闷。

游戏成瘾可能造成严重后果！

变得有暴力倾向

有些游戏充满暴力因素，这些暴力游戏让玩家产生自己变强大的错觉，从而获得快感。经常玩这类游戏会让人渐渐无法控制自己的脾气，性格变得暴躁、凶狠。一旦对暴力游戏成瘾，就可能因为无法区分游戏和现实，而在现实世界里攻击或伤害他人。

变得孤独

经常一个人玩游戏的话，很容易陷入自己的世界，变得听不进他人的话，无法与他人产生共情，慢慢会变得难以和家人、朋友沟通交流，最终变成整天窝在家里玩游戏的"孤独的宅男、宅女"。严重时还可能导致心理问题，连日常生活都难以继续。

戴鲸鱼王面具的
叔叔

好习惯研究所
HAO XIGUAN YANJIUSUO

　　小东正在玩游戏，他要给新的游戏人物准备武器。每当人物升级时，都会出现更好的武器。小东陷入了不停升级变强的乐趣里，终日只是盯着游戏机看个不停。

　　一盘游戏结束后，小东又按下了开始键。可奇怪的是，这次铁板魔王没有现身。小东担心游戏机是不是坏了，连忙里里外外仔细地检查起来。

　　就在这时，窗外闪起了一道光，随后

传来"咚咚咚"的声音。有个人正在敲窗户。小东小心翼翼地朝窗边走去。

"谁呀?"

外面没有任何声音。小东再次拿起游戏机,想要打开,结果外面又响起"咚咚

好习惯研究所
HAO XIGUAN YANJIUSUO

咚"的声音。这次他一把把窗户打开了。

"你好。"

一个人出现在他眼前。

这个人穿着一套很旧的西装,好像老电影里的那种落魄寒酸的款式,而且脸上还戴着鲸鱼王面具。

"是鲸鱼王!"

要是在以前,小东肯定会兴奋地大叫起来,还会一边手舞足蹈地摇晃着小屁股,一边不停喊着"太棒啦"。鲸鱼王可是小东最喜欢的漫画英雄。

鲸鱼王是一位英雄,他常常帮助身处困境的人。鲸鱼王不仅力大无穷,还身轻如燕。每当他喊出"鲸鱼之力"时,体内就会涌出一股强大的力量。以前的小东常常把一句话挂在嘴边,那就是——我要成

为像鲸鱼王一样的英雄。

但自从小东沉迷游戏后,那些和鲸鱼王有关的想法就消失不见了,对鲸鱼王的记忆也完全消失了,好像被谁用橡皮擦抹去了似的。

好习惯研究所
HAO XIGUAN YANJIUSUO

正因为如此,即便看到这个戴着鲸鱼王面具的人出现,小东也一点儿兴趣也提不起来。那一瞬间,小东的脑海里仍然只想着游戏。

"您是?为什么戴着鲸鱼王面具?"

"小东,这个嘛……我为了见你,可是费尽了千辛万苦。"

"您从哪儿来的?"

"我……"

戴着鲸鱼王面具的叔叔刚想说什么,却又打住了,改口说了一句莫名其妙的话。

"其实我们本来不能见面,我是冒着生命危险来的。我只能在这儿待一小会儿。"

这个回答让小东丈二和尚——摸不着头脑。在他们说话的间隙,鲸鱼王叔叔看

了看小东的房间,然后叹了一口气:

"你的房间也太乱了吧?"

"我没时间打扫。"

小东只顾着玩游戏,根本没空打扫或整理房间。随便扫一眼,最先映入眼帘的,便是随意扔在一边的书包、空空的零食包装袋,还有乱作一团的被子。

鲸鱼王叔叔拿来扫把,开始打扫起来。扫完地后,他又用抹布擦了一遍房间。房间里变得一尘不染,被子也叠得整整齐齐。

"为什么要帮我打扫房间啊?"小东开口问道。

他呆呆地站着,望着一旁忙着打扫的鲸鱼王叔叔。

"只有生活环境干净了,身体才能健康。"

小东觉得鲸鱼王叔叔是个很奇怪的人。

"你平时根本不读书吗?"

"我没时间。"

"少玩会儿游戏不就行了。"

"不要。"

"作业都做完了吗?"

"还没。"

"少玩会儿游戏,先把作业写完吧。"

"我说了不要!"

小东大叫起来,鲸鱼王叔叔立马停止整理书桌,走过来把小东一把搂进怀里。这感觉真奇怪,怎么形容呢,虽然和爸爸

妈妈的怀抱感觉不一样，但在鲸鱼王叔叔的怀里，也很温暖舒适。

"您认识我吗？"

小东问鲸鱼王叔叔是不是爸爸的亲戚或者妈妈认识的人，鲸鱼王叔叔却一句话也没说，只是出神地望着小东。奇怪的是，小东被鲸鱼王叔叔的眼神刺得火辣辣的。

"您怎么了？"

"小东，我得回去了，没时间了。"

"您要去哪儿啊？"

鲸鱼王叔叔这次也没回答，但他要求小东把游戏机扔掉。

"您怎么知道我有游戏机的？"

"详细的原因我不能告诉你，但你一定要按我说的做。小东，把游戏机扔了。"

好习惯研究所

"我不要！"

小东怕鲸鱼王叔叔把游戏机抢走，连忙把游戏机藏在身后。鲸鱼王叔叔见状，露出了担忧的表情，并向小东伸出了手。

"拜托你了，一定要把那个游戏机扔掉。要不然你给我也行，我帮你扔了。要是不把它扔掉的话，你会……"

"绝对不可以，这是我的游戏机！"

小东刚喊出声，铁板魔王忽然从游戏机里现身了。原来小东抓着游戏机时不小心按下了开始键。

"铁板魔王！"

鲸鱼王叔叔用惋惜的眼神打量着小东，然后倏地从窗口跳下，转眼间就

消失不见了。小东朝窗外望去,却没看见鲸鱼王叔叔的身影。

鲸鱼王叔叔消失前的那个眼神,小东一直惦记着,叔叔好像在埋怨他:"你为什么要叫铁板魔王出来?"

我想知道！游戏成瘾④

怎么判断是否对手机上瘾了呢？

最近手机让很多人上瘾，那威力一点儿都不比网瘾弱。一起来看看自己有没有手机成瘾的问题吧。以下情形有没有在你身上出现？在方框中填写"是"或"否"，出现"是"的次数超过三次时，就需要警惕了。

- ☐ 过度使用手机，导致成绩下滑。
- ☐ 比起和家人、朋友们待在一起，更喜欢玩手机。
- ☐ 不能玩手机时会感到难以忍受。
- ☐ 曾试图减少玩手机的时间，却以失败告终。
- ☐ 不能玩手机时会产生强烈的失落感。
- ☐ 没有手机会变得焦躁不安。
- ☐ 习惯性地查看手机。

怎么判断是否有网瘾呢？

网瘾和游戏成瘾一样可怕。下列情况中，与自己相符的超过五项时，说明已有网瘾；超过七项时，说明网瘾很严重；超过八项时，需要告诉父母并及时进行治疗。自己测一测吧！

☐ 上网后，感觉身体没以前好了。

☐ 比起在现实中，网络上有更多的人认可我。

☐ 不上网生活就很无聊，没有乐趣可言。

☐ 停止上网没一会儿，就又想继续。

☐ 上网太久导致头疼。

☐ 比起现实里的人，更能理解在网上认识的人。

☐ 不能上网就焦躁不安。

☐ 曾尝试过减少上网时间，却以失败告终。

☐ 因为上网耽误过计划中的事情。比如，学习、写作业或打扫房间。

☐ 曾隐瞒过自己的实际上网时间。

爸爸妈妈消失的梦想

好习惯研究所
HAO XIGUAN YANJIUSUO

小东心里想着消失的鲸鱼王叔叔,一个人陷入了沉思。这时,铁板魔王一个大踏步走了过来。

"唉,真麻烦。我给你充了那么多钱,还给了你新人物,怎么还要叫我出来?"铁板魔王问道。

"魔王,虽然我已经有剑、枪和魔法药水了,但还是不够。我想要一个大城堡,这样才能让朋友们吓一大跳。你能帮

我把游戏人物升级为城堡主人吗？"

"不行。"

"为什么？"

"你已经没有东西可以给我了。"

"我有小熊玩偶，有书，还有生日那天得到的机器人。你想要的话我都可以给你。"

"我才不需要那些东西。我已经拿了你的梦想和未来，怎么办呢，你已经没有什么值钱的东西了。"

"不行，我一定要成为城堡主人。"小东不停地跺着脚哀求道。

这时，铁板魔王露出阴险的笑容，他压低嗓子悄声说："那能不能把你父母的梦想给我呢？"

"我父母的梦想？"

"没错,就是你爸爸妈妈的梦想。你把这颗药丸拿去,悄悄放进爸爸妈妈的饮料里,那我就帮你成为城堡主人。"

小东竖起了耳朵认真听。但他有些担心,毕竟爸爸妈妈的梦想不是自己的东西。

"可我连爸爸妈妈的梦想是什么都不知道……"

"你不用担心。爸爸妈妈都是大人了,不需要梦想了。"

"真的吗?"

"当然啦,那还用说。你好不容易走到今天这一步,难道不应该再接再厉,成为最高级别的城堡主人吗?游戏大王的称号也离你不远了!等你当了大王,爸爸妈妈都会为你开心的。"

小东觉得铁板魔王说得很对。

"好,我答应你!"

铁板魔王递给他两颗小药丸,并嘱咐他一定要趁爸爸妈妈不注意时喂他们吃下。

"该怎么喂他们吃下呢?"

小东琢磨着。他去厨房倒了两杯果汁,把两颗药

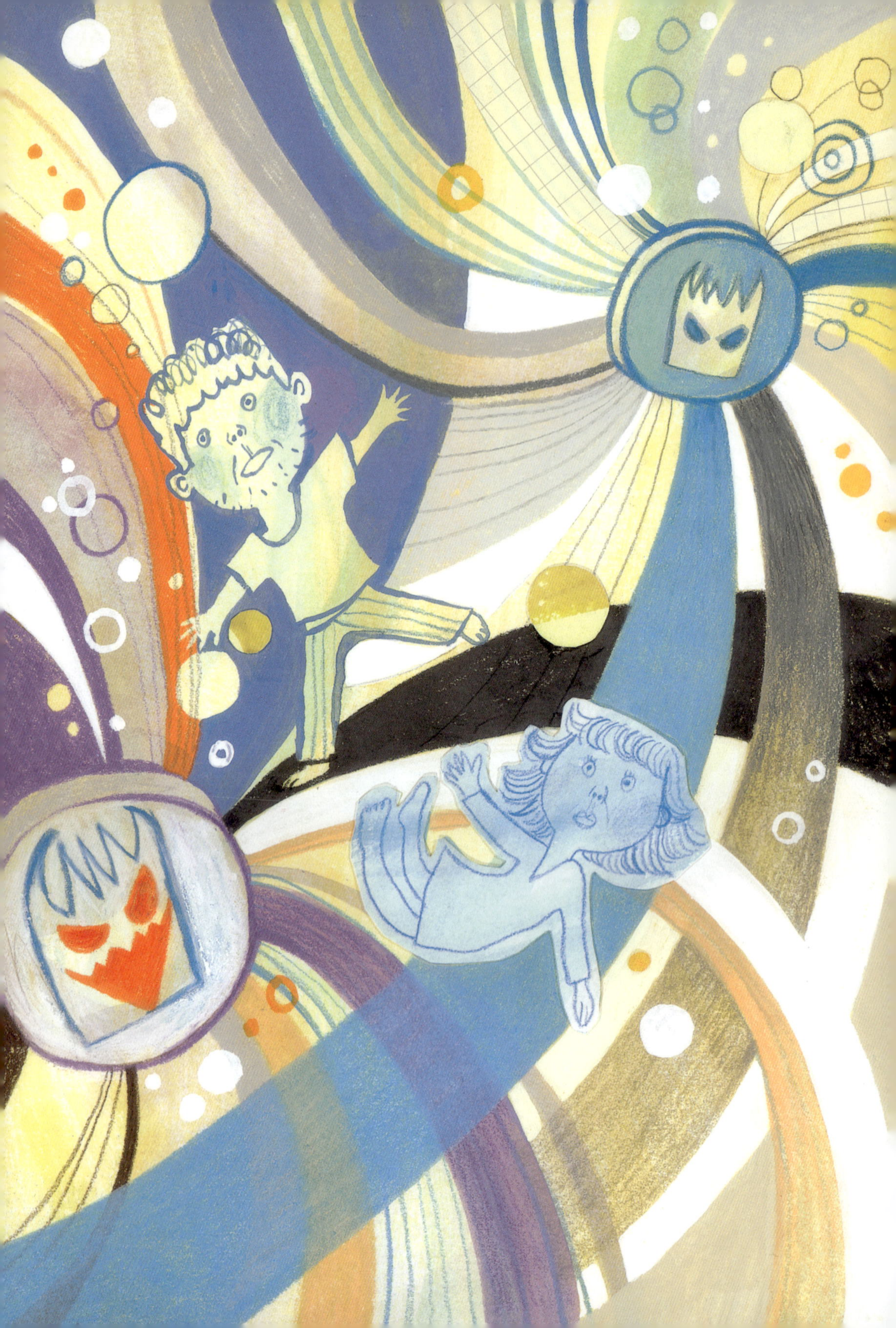

逃离游戏王国

丸偷偷扔了进去，然后问爸爸妈妈：

"爸爸、妈妈，要不要喝杯果汁？"

爸爸妈妈都点头答应了。

"哎哟，儿子你这是怎么了？今天心情还好吗？"

"挺好的。"

"最近你整天看上去又累又困的，妈妈可担心坏了。"

"就是，爸爸还担心你是不是得了什么怪病呢。"

爸爸妈妈都开心地把果汁接过去，一饮而尽。小东在爸爸妈妈喝完最后一滴果汁前，心一直提在嗓子眼儿，生怕他们发现什么异常。

好习惯研究所

"这下我可以当城堡主人了吧？"小东心想，然后快步走进房间开始玩游戏。

第二天，小东睡了个懒觉，可爸爸妈妈不仅没来叫他，还和他一样都睡了懒觉。

"爸爸，你不去公司吗？"

"去那破地方干什么！"

"妈妈呢？"

"我也懒得去。"

爸爸妈妈一边躺着看电视，一边心不在焉地回答道。那一整天，爸爸妈妈什么也没有做，既没有洗衣服、打扫卫生，也没有做饭，而是点了外卖。他们就这样从早到晚躺了一天。这在平时是完全不可能发生的事情。

"妈妈，我能玩游戏吗？"

"想玩就玩吧。"

妈妈一点儿也不在乎小东玩不玩游戏。这要是在平时,妈妈肯定早就瞪起眼睛责备他了。

忙着玩游戏的小东偷偷看了看爸爸妈妈的脸色,从开始玩游戏到现在已经过去三个小时了,他还以为要挨骂了呢。

"妈妈,我能再玩一会儿吗?"

"玩吧。"

"真的吗?"

小东不敢相信自己的耳朵。

"嗯,随你便吧。随心所欲地活着怎么了?我以前也曾有过梦想:我自己在职场上独当一面、如鱼得水,你成长为优秀的人,过上幸福的生活。不过现在我已经没有那些想法了。"

好习惯研究所
HAO XIGUAN YANJIUSUO

"爸爸妈妈以后再也不唠叨了,也不骂我了?"小东心想。

他觉得爸爸妈妈的梦想一消失,自己舒服多了。那心情好比在路上捡到钱似的,感觉真是天上掉馅儿饼了。

可这好心情没能持续多久。爸爸妈妈不做饭,每天就是点些汉堡、比萨吃;也不上班,一直待在家里无所事事。他们牙也不刷,脸也不洗,整天就是盯着手机和电脑屏幕,也不叫小东去上学。不管小东做什么,他们都毫不关心。

"妈妈,什么时候吃饭呀?"

"真麻烦,随便买点儿吃吧。"

"可我没钱呀。"

"那就饿着呗。"

爸爸妈妈什么都不做。才过了几天,

逃离游戏王国

家里已经变得像猪圈一般脏乱了——餐桌上苍蝇横飞、蟑螂乱窜,洗碗池里堆满了脏碗,冰箱里空无一物,垃圾桶里的垃圾满得溢了出来。小东实在看不下去了,他试着把家里收拾了一下,可爸爸妈妈很快就又把家里弄得乱七八糟,小东实在是白费力气。

"爸爸,妈妈!一起来把家里收拾干净吧!"

爸爸妈妈一听这话,立马瞪大了眼睛,质问道:

"我们为什么要打扫?"

"家里这么脏,对健康不好。"

"那你说说,为什么一定要健康?"

"只有身体健康了,才能努力生活呀。"小东滴溜溜地转了转眼珠后回答道。

方便面

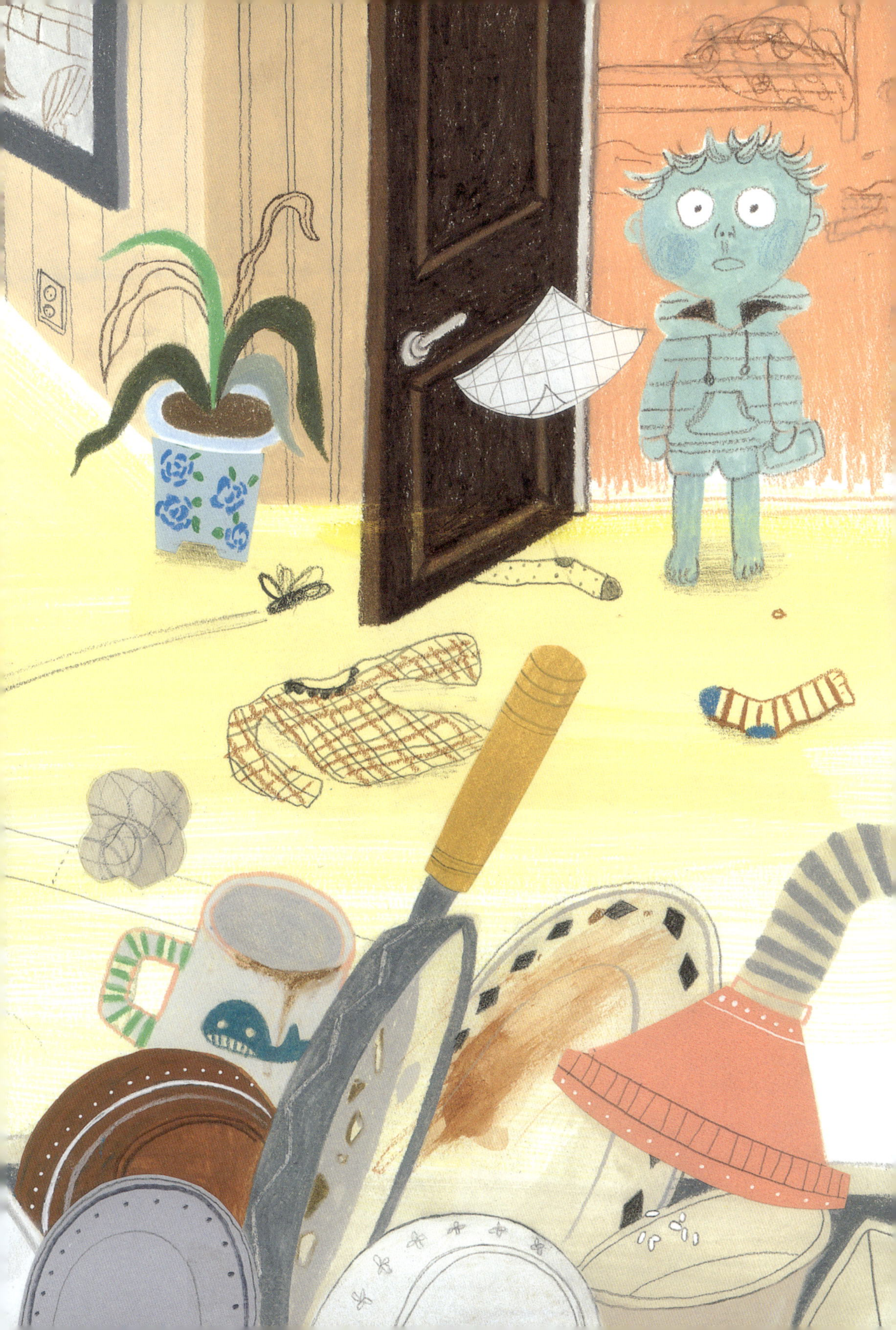

好习惯研究所

可爸爸妈妈的回答里满是不耐烦：

"我们不想努力生活。"

"没错，我们什么都不需要。我们没有梦想，也不想有什么成就。"

小东感到不安。他觉得失去梦想的爸爸妈妈完全变了样，这让他很担心。

"怎么办，我是不是不应该把爸爸妈妈的梦想给铁板魔王？"

小东心里乱糟糟的。他回到房间，瘫倒在床上开始玩游戏。

一打开游戏，刚才的那些烦恼立马消失不见了。

小东正专心致志地玩着游戏，突然感觉头开始钻心般地疼起来，好像有人用大锤狠狠地敲打一样，脑袋又酸又痛。接着，小东的肚子咕噜咕噜地叫了起来，肠

子也开始绞痛起来。小东的身体像坏了的玩具一样,各个零部件嘎吱嘎吱直响。

小东想走出去喊妈妈,却直接晕倒在原地。

"呜!"

沉迷游戏会让大脑变奇怪

有很多人认为玩游戏能让人变聪明，但这是错误的想法。玩游戏、玩手机和看电视等都是给单侧大脑一般性的、反复的刺激，而另一侧大脑的功能会有所下降。左右脑使用不平衡的程度一旦加剧则会导致抽动障碍，引起抽动秽语综合征、注意缺陷与多动障碍（ADHD）、学习障碍等。主要表现为用力眨眼，不停用鼻子嗅气味和剧烈抖腿，还会因为无法集中注意力导致学习成绩下滑。

沉迷游戏对健康不好

一直坐在位子上,并保持同一姿势长时间玩游戏的话,就会因为生长板得不到刺激而长不高,还会导致脊柱弯曲和驼背。

长时间注视电子屏幕,眨眼次数会减少,视力就会变得越来越不好。对人体有害的电磁波会让人出现头晕、头疼的症状。

玩游戏本应是快乐的,那过度玩游戏,损害身心健康,是不是得不偿失呢?

浪费生命之罪

好习惯研究所
HAO XIGUAN YANJIUSUO

"妈妈……"

小东睁开眼睛后，眼前出现了闪烁的灯光。他用微弱的声音喊了妈妈，几个穿黑衣服的男子闻声跑了过来。小东瞪圆了眼睛说道：

"你们要干什么？"

"把罪人拿下！"

小东被黑衣人拖去了一个地方，他紧张地左顾右盼。

"罪人来喽！"

周围的人不仅揶揄小东，还朝他发出"嘘"声。

那几个黑衣人把小东拽上一个台子，让他站在上面。随后，周围穿黑衣的人像屏风一样围在他四周。小东腿一软，瘫坐了下去。

"这是哪儿啊？"

"当然是法庭了。"

"法……法庭？"小东用颤抖的声音反问道。

这时，一位穿着法官袍的爷爷一步一步走来，开始仔细打量着什么。

"我宣布，审判正式开始。"

穿着法官袍的爷爷敲了三次法槌，所有人都端坐在位子上。小东吞了吞口水，

看了看台下，台下无数双眼睛都在盯着自己。

"罪人小东，要定你什么罪名好呢？"

"等等，我不是罪人！"

小东喊道。

"不，你就是罪人。"

台下的人大声说道。

"我犯了什么罪啊?我没偷没抢,也从来没有欺负过别人。"

"你就是罪人。"

"到底是因为什么啊?"

"你现在已经没有了未来,也没有能实现的梦想,所以你一辈子都要待在监狱里。"

"哐!哐!哐!"法官又敲了三下法槌。话音刚落,台下的观众都拍手叫好。小东无言以对。就在这时,黑衣人架起小东的胳膊就要拖他走,小东拼命地挣扎,想要摆脱黑衣人的束缚。

好习惯研究所
HAO XIGUAN YANJIUSUO

"放开我!我没有犯罪!"

突然,有个人抓住了他的肩膀。

"小东,你不舒服吗?"

那人正是老师。

"老师……"

"你的脸色怎么这么苍白,怎么了?"

老师一边用手摸了摸小东的额头,一边问道。

小东怔怔地看了看周围,刚才那些人全都不知去哪儿了,他周围站着的都是同班同学。

"哎,太好了,我还以为要被奇怪的人抓走了呢……"

小东正想松一口气,老师突然变成游戏里的人物,把一瓶魔法药水递给了他。那是游戏里的人物受伤时使用的装备。小

东吓得尖叫一声。

"啊!"

"怎么了?这不是你最喜欢的东西吗?"

"对啊,你为了买这个不是把梦想和未来都扔了吗?"

"可,可是!"

小东看看四周,身边不知什么时候站满了游戏里的人物。小东吓得双腿直

好习惯研究所
HAO XIGUAN YANJIUSUO

打战。

"啊！来人啊！救命啊！"

小东惊叫着醒来。还是刚才晕倒的姿势，原来小东晕倒后就睡着了。

"啊，原来是做梦，太好了。"

小东想找爸爸妈妈，于是朝客厅走去。

"爸爸，妈妈！我不舒服，而且还做了噩梦。"小东抱着妈妈的胳膊说道。

妈妈不耐烦地回答说：

"没看见妈妈在玩游戏吗？"

"这孩子怎么这么烦人啊？"爸爸也发脾气了。

爸爸妈妈玩游戏玩得入了迷，连看都不看小东一眼。

"求求你们了，能不能清醒一点儿！"

小东哀求着爸爸妈妈,可爸爸妈妈充耳不闻,依旧专心致志地玩游戏。

"这肯定都是因为那两颗奇怪的药丸!"

小东想把铁板魔王叫出来,然后把一切都恢复原样。可任凭他怎么按游戏机的开始键,铁板魔王都没有出现。

"这可怎么办……"

小东的眼里淌出了泪水。

我想知道！游戏成瘾 ⑥

怎么样才能避免游戏成瘾呢？

"我是不是游戏成瘾呢？"要是产生过这种想法，请你立刻关掉电脑。总想着"再玩一会儿"的话，很容易陷得更深。

① 确认自己的状态

清楚地认识自己的状态是非常重要的，本书第12页有一张检查表，实事求是地回答后，查看一下自己游戏成瘾的程度吧。

② 认识游戏成瘾

通过报纸或新闻等了解什么是游戏成瘾，成瘾后会导致什么后果。

③ 找到沉迷游戏的原因

沉迷游戏的原因有很多——空余时间过多、没有朋友、讨厌学习等，要找到符合自己情况的原因，并对症下药。

④ 把游戏删掉

看见就会忍不住想玩，所以要趁自己还没完全成瘾时及时把游戏删掉，这样就切断了与游戏的接触，上瘾的症状也会有所缓解。

⑤ 制订计划表

突然把游戏删除可能有些难以接受，这时可以尝试逐渐缩短游戏时间。试着做一个游戏时间计划表，每天看看自己有没有遵守计划，这样下去就能慢慢减少玩游戏的时间。

⑥ 把电脑搬离房间

自己一个人使用的房间里有电脑的话，很容易产生玩游戏的想法。尝试把电脑搬去客厅或家人一起使用的空间，便携的游戏机和手机也交由父母保管吧。

⑦ 增加社交活动的时间

把用来玩游戏的时间拿来和他人交流吧。可以试着和朋友们玩耍或者和爸爸妈妈一起培养一个爱好，这样就不容易想起游戏来了。

鲸鱼王叔叔的真实身份

小东正无声地抽泣着,突然有人敲了敲窗户。小东立马过去打开了窗户,只见窗外站着戴鲸鱼王面具的叔叔。叔叔一副有气无力的样子,看起来好像生病了。

"叔叔!"

小东满心欢喜地跳进鲸鱼王叔叔的怀里,可鲸鱼王叔叔身上发出了难闻的臭味。小东仔细一看,鲸鱼王叔叔的衣服看起来比上回见面时还要肮脏、寒酸。他的

脸也像好几天没洗过一样，手摸起来也很粗糙，指甲缝里全是黑黢黢的泥垢，整个人看上去像极了无家可归的流浪汉。

"叔叔，你还好吗？"

鲸鱼王叔叔连呼吸都变得沉重起来，好像快要喘不上气来似的。

"你为什么没听我的话？"

"我哪有……"

"我不是让你把游戏机扔了吗？"

"叔叔，你是不是知道了什么？关于那个游戏机的事情，你一定知道了什么吧？"小东紧紧抓着鲸鱼王叔叔的胳膊问道。

"现在说什么也没用了，你当时要是听了我的话，也到不了今天这个地步。我冒着这么大的危险来见你，可你却……"

"对不起，我不知道事情会变成这样。"

"我也没有别的办法了。"

"叔叔，你就帮帮我吧。"

"对不起，小东，我救不了你。你已经变成我拯救不了的'我'了。"

"什么？"

小东疑惑地歪了歪脑袋，鲸鱼王叔叔的话他怎么也听不懂。

"我其实就是……"

鲸鱼王叔叔摘下面具，露出了一张似曾相识的面孔。

"叔叔！你长得好像我爸爸和我爷爷啊！难道说，我们是亲戚吗？"

鲸鱼王叔叔无力地摇了

摇头。

"不，我就是你。我是坐着时光机从未来回来的。虽然这样做不对，但我也是被逼无奈。要是继续放任你这样下去，那我的人生就彻底没有希望了。"

"你这话是什么意思啊？"

"我冒着生命危险来这儿，就是为了改变我正在被摧毁的人生。但现在我已经没办法拯救我的人生了。我完蛋了，这意味着你也完蛋了。"

小东听了这话后，眼泪止不住地流了出来。

"叔叔，怎样才能把一切恢复原状呢？"

"已经晚了,你当时要是戒掉游戏的话……"

"当时我没有别的选择,我也没想到事情会变成这样。我成绩不好,上课发言总是结巴,体育也差。我什么都做不好,也没有想做的事情,所以我只是单纯地想把游戏玩好。游戏不像学习那样无聊,也没有运动那样难,所以我才……"

听了小东的话,鲸鱼王叔叔叹了一口气。

"小东,世上比游戏有意思的事有千千万万件,只是你还没发现罢了。睁

大眼睛好好观察周围,看看和家人一起拍的照片,好好想想让你最开心的事是什么。"

"让我最开心的事?"

小东跑去父母的房间找来了相册,那里面全是小东和爸爸妈妈一起拍的照片。照片里的小东笑得很开心。看着这样的自己,小东忽然发现,自己在玩游戏的时候从来没有开心地笑过。玩游戏时思想过于集中,让他连笑这件事都忘记了。

"这里面你最开心的是什么时候?"

好习惯研究所
HAO XIGUAN YANJIUSUO

　　小东从众多照片里选出了一张——他和爸爸妈妈一起去传统文化体验馆时拍的照片。他们一起玩尤茨游戏①、踢毽子、扔飞石②、抓石子、拔河、套圈儿。

　　"这时我还没有沉迷在电子游戏里，觉得这些体验特别有趣。"

　　"没错，小东。世界上除了电子游戏，还有很多有意思的事情。和你爱的人一起去尝试这些有趣的事情，那该有多幸福啊。"

　　"你说得对，我和爸爸妈妈一起踢毽子的时候，真的很开心，开心到我一直哈哈笑个不停。"

---

① 译者注：尤茨游戏又称为掷柶戏，朝鲜民族的传统游戏，通常有两名以上的人参加，通过掷出四块特制的木板来决定各自在棋盘上要走的步数。
② 译者注：扔飞石是韩国传统游戏，游戏方法为站在一定距离外，投掷或踢飞手掌大小的石块去撞击他人的石块。

听了鲸鱼王叔叔，不对，应该是未来小东的话，现在的小东随声附和。

"你现在每天只是一个人窝在房间里盯着游戏机，感觉怎么样？"

"可以和别的玩家一起玩……"

"一起玩也没有用。游戏里发生的事情能成为美好的回忆吗？游戏只会让你想要更好的、更强的，以及更多的东西。最后除了胜负外，什么都留不下来。但你想想和家人、朋友一起参加过的体验式学习，从中不仅能学到知识，还留下了美好的回忆。"

"没错！"小东点了点头。

鲸鱼王叔叔用颤抖的手按住了小东的肩膀。

"小东，你一定要记住，世上有很多

好习惯研究所

有趣的、重要的、美好的事物,千万不要因为玩电子游戏而错过它们。"

"叔叔,怎么样才能不对游戏成瘾呢?"

鲸鱼王叔叔说,最好不要过度使用游戏机或电脑,一旦对游戏成瘾就很难靠自己摆脱,所以要及时向周围的人寻求帮助。

"所有的游戏都会让人上瘾,最好还是培养一个其他的健康的爱好。"

"别的爱好?培养什么爱好比较好呢?我可没什么擅长的东西。"

"爱好不一定要是擅长的事情,做不好也没关系,只要是你喜欢的事情就行。"

"其实我很早以前就喜欢跳高和跑步,这两样也能当作爱好吗?"

"当然啦！体育锻炼还能成为很棒的爱好呢。从现在开始，每天早晨试着早起运动吧。这是我作为未来小东对你的一个请求。"

鲸鱼王叔叔朝着小东笑了一下。

"好！"小东用洪亮的声音回答道。

小东和鲸鱼王叔叔一起制订了一个生活计划表：每天早起十几分钟去跑步；每周至少读完一本书；必要的时候，可以短暂使用一会儿电脑。

"小东，你现在能摆脱游戏了吗？"

"当然可以啦！"

此刻的小东拉着未来小东的手许下了诺言。

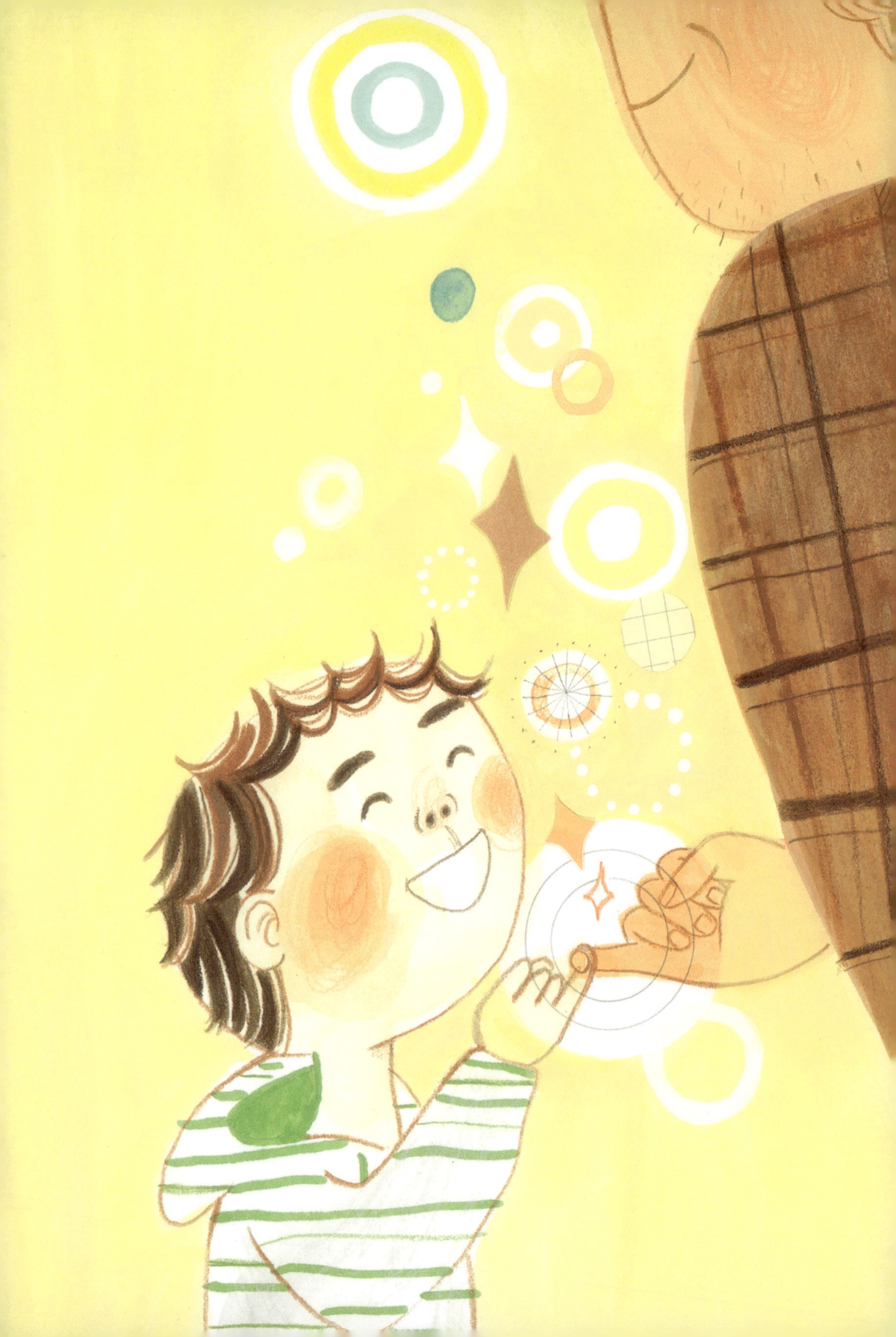

我想知道！游戏成瘾 ⑦

接受专业机构的帮助，摆脱游戏瘾！

要是你已经对游戏成瘾，曾试图戒掉游戏，但总是感觉心有余而力不足的话，请向周围人寻求帮助，还可以向专门进行游戏成瘾咨询和治疗的机构寻求帮助。

戒网瘾的机构通常称为"网络成瘾康复中心"，在中国，这些机构主要是由一些行业协会、民间团体和社会福利机构以及医院提供的，通过心理辅导、行为矫正、药物治疗等方法，帮助成瘾者恢复正常的生活和社交能力。

最重要的还是要靠自己的意志和努力。只要如实说出自己的情况，然后一起努力的话，就一定能摆脱网瘾！

鲸鱼王叔叔大战铁板魔王

好习惯研究所
HAO XIGUAN YANJIUSUO

鲸鱼王叔叔和小东正说着话呢,游戏机突然哔哔作响。

"咦,游戏机怎么了?"

小东并没有按下开机键,可铁板魔王却不请自来了。

"怎么回事,你突然浪子回头了?"

铁板魔王朝着小东嘻嘻笑起来。

"从现在开始,我要戒掉游戏。"

"呵,有能耐你就试试。你的梦想、

未来，还有你爸爸妈妈的梦想，都在我手上。"

"还给我！"

"说出去的话就像泼出去的水，现在已经晚了。再说了，你不是已经得到游戏币和新的游戏人物了吗？"

铁板魔王阴险地笑了。

就在这时，鲸鱼王叔叔再次戴好鲸鱼王面具，朝着铁板魔王大喊：

"不，这个交易从一开始就是错误的。你利用了小东渴望得到大人关注的单纯心理。你竟敢夺走小东的梦想和未来！你这邪恶的魔王，看我的鲸鱼之力！"

鲸鱼王叔叔的手掌里突然发射出强大的能量，那股能量朝着游戏机飞过去。

"你以为我会任你摆布吗！"

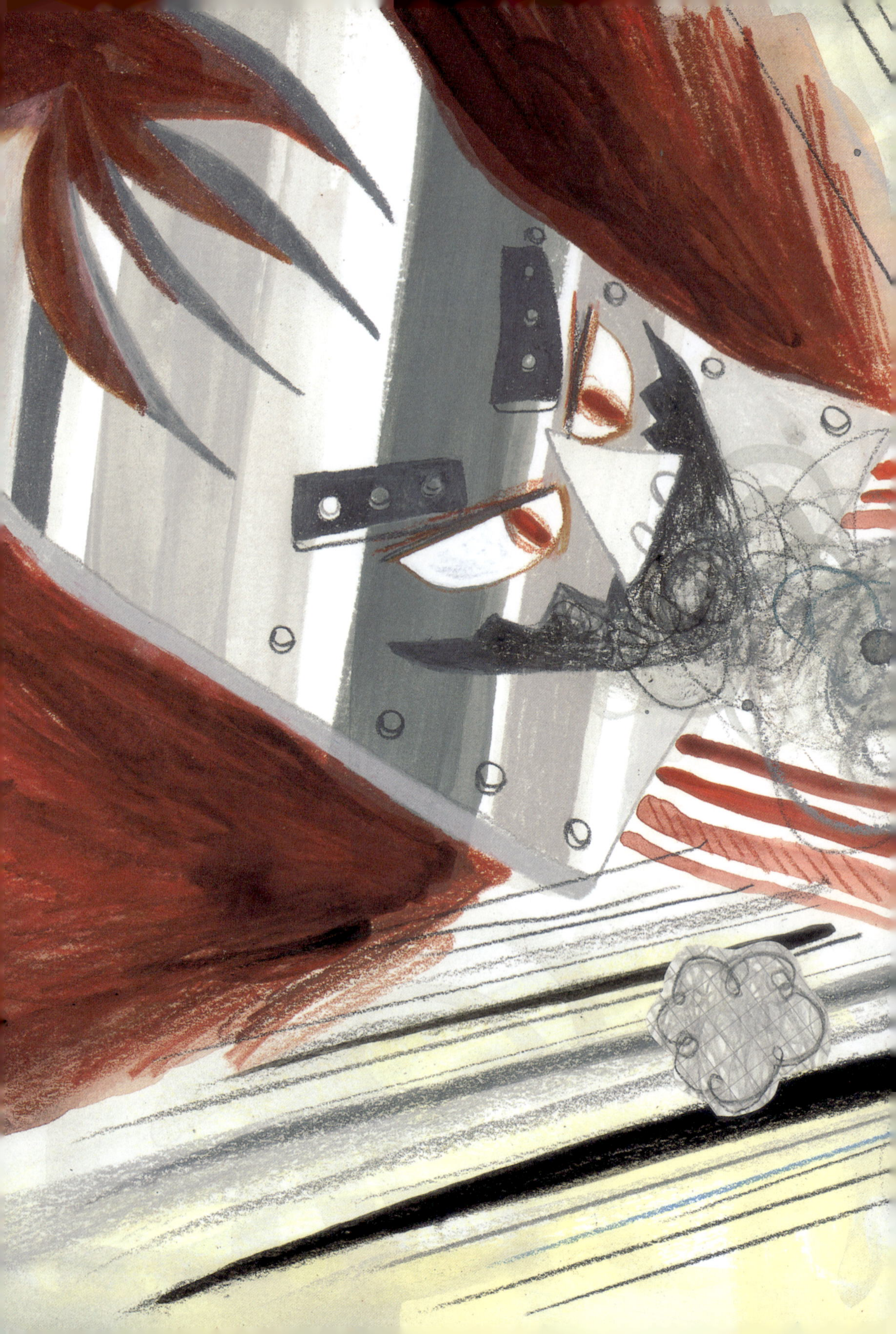

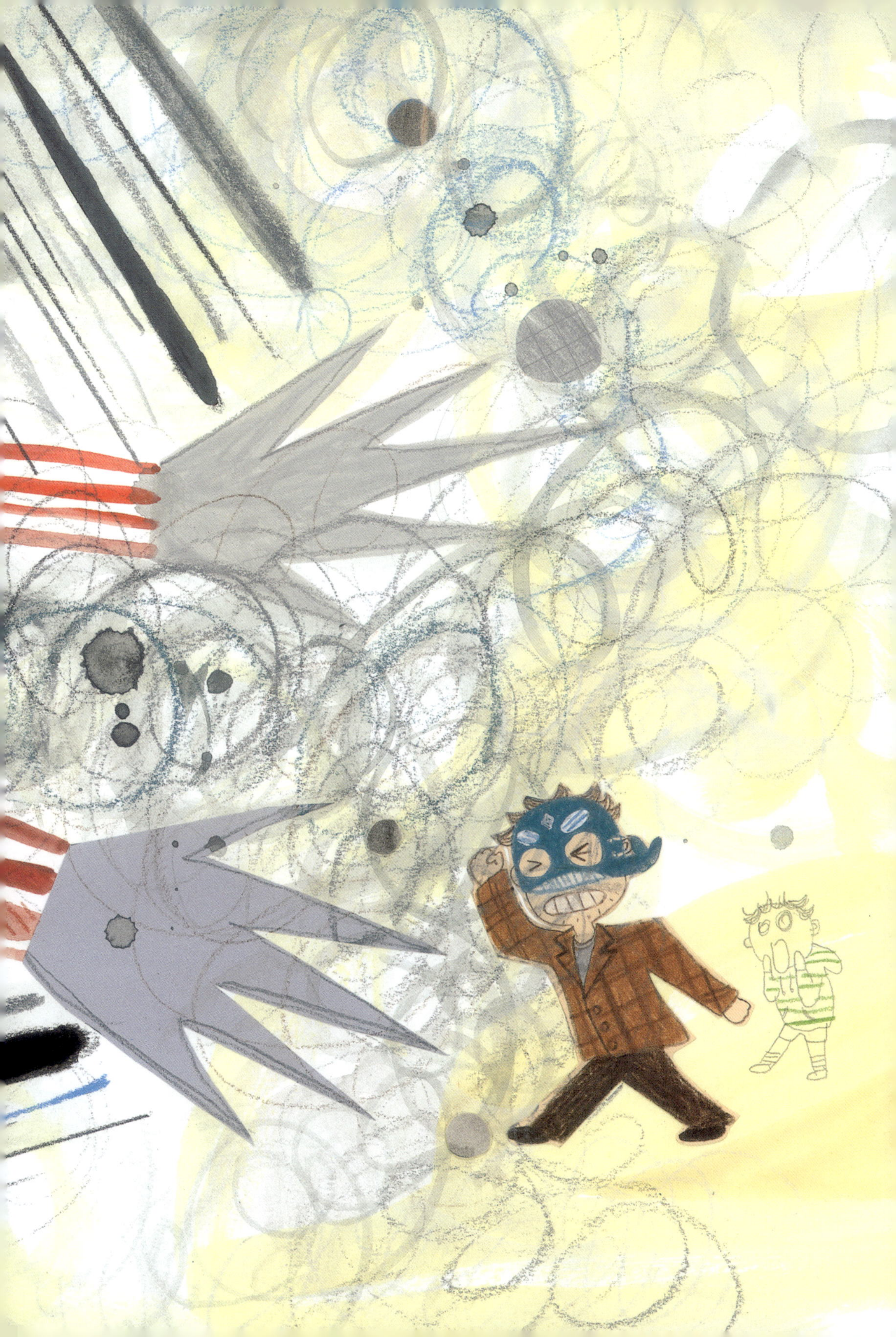

铁板魔王喷出一阵白烟。

那白烟是让人难以呼吸的毒气,但鲸鱼王叔叔没有就此放弃。

另一边,小东不知该怎么办,急得手足无措。

"没有能帮助鲸鱼王叔叔的办法吗?"小东心想。

这时,鲸鱼王叔叔的膝盖一扭,眼看整个人就要倒下去,小东忙跑过去扶住踉踉跄跄的鲸鱼王叔叔。突然,小东和鲸鱼王叔叔的身上开始发出光芒。

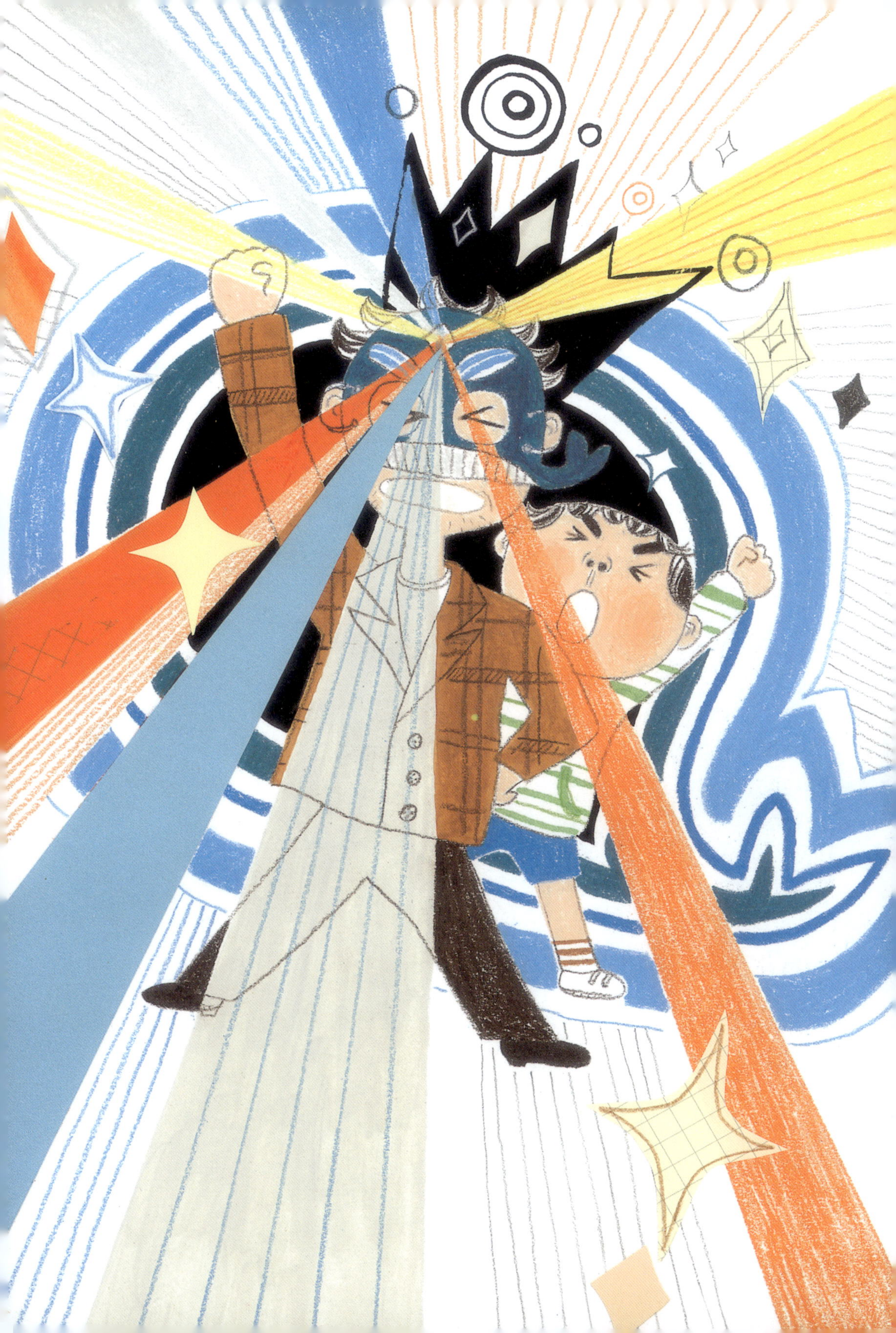

好习惯研究所
HAO XIGUAN YANJIUSUO

"小东,我们要一起打败铁板魔王,能做到吗?"

"嗯,能做到!"

"吃我一击!鲸鱼之力!"

鲸鱼王叔叔和小东合力发射出了鲸鱼之力,巨大的能量光束好像大鲸鱼喷出的水花一般!

"啊!"

铁板魔王被鲸鱼之力打中后,发出一声哀号,随后就消失不见了。游戏机也跟着消失了。

"谢谢,叔叔!"

"也谢谢你,小东。多亏了你,我们才能赢。铁板魔王以后再也不会欺负你了。"

"那爸爸妈妈会怎么样呢?"

"铁板魔王已经消失了，所有的一切都会恢复正常。你被抢走的梦想和未来，还有爸爸妈妈的梦想都会物归原主的。我也要回去了。"鲸鱼王叔叔，不，应该是"未来的小东"一边喘着粗气，一边艰难地说道，"小东，一定要守护好我，也就是未来的你啊。"

"我会的，我向你保证！"

鲸鱼王叔叔的身体慢慢消失了。小东把眼泪擦干后跑出了房间，他看见爸爸妈妈正打量着周围。

"小东，我们家这是怎么了？"

爸爸妈妈好像不知道发生了什么事情。小东并没有回答，而是一把抱住了爸爸和妈妈。

"妈妈，我爱你。爸爸，我爱你。"

好习惯研究所
HAO XIGUAN YANJIUSUO

"我们也爱你。可家里怎么变成这副模样了？天哪！怎么还有蟑螂？"

"呃，家里怎么有股臭味？"

爸爸妈妈四处看了看，然后惊讶地张大了嘴。那天晚上，小东和爸爸妈妈一起把家里打扫干净后就早早睡觉了。小东盖好被子正要闭眼，突然想起了鲸鱼王叔叔。

"为了未来的我，我要好好爱惜自己。我一定要遵守和鲸鱼王叔叔的诺言。"

小东在心里暗下决心——再也不会沉迷于某样东西了。哪怕是特别有趣、自己特别想玩的东西，他也会为了宝贵的未来而学会适可而止的。

第二天，小东早早起床，走出家门准备跑步，这时他发现邮件箱里放着一封信。

小东：

　　你好！

　　昨天是不是很惊心动魄呀？我还有句话想对你说，所以写了这封信。

　　"今日的我成就明日正直的我。"

　　虽然现在的你像个小花骨朵儿，非常弱小，但我希望你未来能成为堂堂正正、自信满满的人。要想成为那样的人，就不能把时间浪费在玩电子游戏上，而应该用来为未来做准备。

　　要想摆脱游戏其实很不容易，但也有可能会出乎意料的简单——要相信自己，要明白你的人生有多宝贵。你不是为了玩游戏才来到这个世上，沉迷游戏会阻挡你前进的步伐，让你无法看到更加宽广的世界。

试着在纸上写一写：从现在起你想做的事、想要的东西、想见的人、想去的地方和想成为的人。写完后，你肯定会觉得时间不够用，哪里还有时间来玩游戏呢？

一个小小的实践就可能改变人生。从现在开始，你要为了自己的梦想全神贯注地前进，那你的梦想最终就会成为现实。

未来的小东，鲸鱼王叔叔

被鲸鱼王叔叔赶跑的铁板魔王怎么样了呢？消失的游戏机又去哪儿了呢？说不定，他们为了引诱下一个孩子，正躲在某个小区里的游乐区呢。

好习惯研究所
预防游戏成瘾

逃离游戏王国

TAOLI YOUXI WANGGUO

【韩】徐志源 / 著
【韩】沈允静 / 绘
孙文婕 / 译

A Nine-year-old King of Games
Written by Seo Jiwon
Illustrated by Sim Yunjeong
Copyright©YeaRimDang Publishing Co., Ltd. - Korea
Originally published as Ahop Sal Geimwang by YeaRimDang Publishing Co., Ltd.,
Republic of Korea 2013
Simplified Chinese Character translation copyright © 2024 by Aurora Publishing House
Simplified Chinese Character translation edition is published by arrangement with
YeaRimDang Publishing Co., Ltd. through Linking-Asia International Co., Ltd.
All rights reserved.

著作权合同登记号:图字:23-2021-151号

图书在版编目(CIP)数据

逃离游戏王国 /(韩)徐志源著;(韩)沈允静绘;孙文婕译.
-- 昆明:晨光出版社,2024.1
(好习惯研究所)
ISBN 978-7-5715-1756-4

Ⅰ.①逃… Ⅱ.①徐… ②孙… Ⅲ.①儿童故事 – 图画故事 – 韩国 – 现代 Ⅳ.①I312.685

中国版本图书馆CIP数据核字(2022)第216272号

出 版 人	杨旭恒			
策　　划	黄 楠　杨蔚婷　庞 莎			
责任编辑	杨蔚婷　庞 莎	排　　版	云南安书文化传播有限公司
装帧设计	唐 剑　陈 蒙	印　　装	云南金伦云印实业股份有限公司
责任校对	杨小彤	版　　次	2024年1月第1版
责任印制	廖颖坤	印　　次	2024年1月第1次印刷
邮　　编	650034	书　　号	ISBN 978-7-5715-1756-4
地　　址	昆明市环城西路609号新闻出版大楼	开　　本	170mm×230mm　16开
出版发行	晨光出版社	印　　张	8.25
电　　话	0871-64186745(发行部)	字　　数	50千
	0871-64178927(发行部)	定　　价	35.00元

晨光图书专营店:http://cgts.tmall.com/